Émile Verhaeren

# Das Kloster

## Tragödie in vier Akten

Übersetzt von Stefan Zweig

Émile Verhaeren: Das Kloster. Tragödie in vier Akten

Übersetzt von Stefan Zweig.

Le Cloître. Erstdruck 1900. Hier in einer Nachdichtung von Stefan Zweig.

Neuausgabe
Herausgegeben von Karl-Maria Guth
Berlin 2016

Umschlaggestaltung von Thomas Schultz-Overhage unter Verwendung des Bildes: Carl Friedrich Lessing, Romantische Landschaft mit Klosteranlage, 1834

Gesetzt aus der Minion Pro, 11 pt

Verlag: Henricus - Edition Deutsche Klassik GmbH
Mörchinger Str. 33, 14169 Berlin, info@henricus-verlag.de
Druck: Libri Plureos GmbH, Friedensallee 273, 22763 Hamburg

ISBN 978-3-8430-8486-4

Bibliografische Information der Deutschen Nationalbibliothek

Die Deutsche Nationalbibliothek verzeichnet diese Publikation in der Deutschen Nationalbibliografie; detaillierte bibliografische Daten sind im Internet über www.dnb.de abrufbar.

# Personen

Der Prior

Dom Balthasar

Dom Marc

Thomas

Dom Militien

Isebald

Theodul

Mönche

Gläubige, Volk

# Erster Akt

*Der Klostergarten. Regelmäßige Blumenbeete, Gesträuch, Lauben,*
*eine Sonnenuhr. Rechts im Vordergrunde der Klostergang, links*
*das romanische Eingangsportal zur Kapelle. Im Hintergrunde*
*Mönche, die mit Kugeln spielen, Netze stricken und die*
*Gartenwerkzeuge instand setzen. Einige von ihnen sitzen vorn auf*
*einer Holzbank und disputieren.*

THOMAS. *Ich* sagte Euch doch: Gott kann nicht das Böse sein. Nun
aber setzt die Furcht das Böse voraus. Warum also lehrt man: Die
Furcht des Herrn ist aller Weisheit Anfang?

DOM BALTHASAR. Ihr grübelt zu viel!

THOMAS. Die Frage ist wichtig. Beantwortet man sie falsch, so wird
der ganze christliche Wandel falsch.

DOM BALTHASAR. Ich sage Euch, Ihr grübelt zu viel!

DOM MARC. Man soll Gott nicht fürchten, man soll ihn lieben.

THOMAS. Ihr sprecht wie Basilides, der Erzketzer.

DOM MARC. Ich wie Basilides?

THOMAS. Basilides sagt wortwörtlich, was Ihr behauptet.

DOM MARC. Der heilige Augustin sagt es ebenso.

DOM MILITIEN. Dom Marc hat recht. Der heilige Augustin sagt
wörtlich: »Liebe und tu, was du willst«.

THOMAS. Oh, das ist nicht dasselbe. Der heilige Augustin verwirft
nicht die Furcht. Man muß vielfältig sein in Gottes Verehrung, muß
gleichzeitig zaghaft und zitternd und inbrunstvoll sein …

DOM BALTHASAR *ungeduldig.* Ihr grübelt zu viel … Ihr grübelt zu
viel …

THOMAS. Ihr verkennt, mein Bruder, die grenzenlose Mannigfaltigkeit
der göttlichen Naturen und Gestaltungen.

DOM BALTHASAR *jäh.* Ich brenne für Gott in verzehrender Glut,
  Und die nur versteh ich, die fast mit Wut
  Ihn bekennen und lieben, als hätt ihre Seele
  Zu seinem Preise nur einen Schrei,
  Nur einen, doch einen starken und reinen,
  Der heilig macht wie der Taufe Quell!

4

*Ein Schweigen.*

Gott will ja keine Deutelei,
Will nicht beschrieben sein und nicht gemessen
In Büchern, die von Hochmut überquellen.

THOMAS. Schlicht ist dein Glaube wie die Blumen. Doch er streift
Nur eben an des Gotteswesens erste Schwelle.
In unsern neuen, geistig so erstarkten Zeiten
Verbreiten Gott nur einzig die, die für ihn streiten.

BALTHASAR *heftig.* Gott ist um so mehr Gott, als man ihn nicht be-
greift.
Nur dann, wenn Liebe und der Glaube müde zagen,
Den Heiland nackt und blutend durch die Welt zu tragen,
Dann erst beginnt man, klug ihn zu beweisen,
Verzettelt Zeit und Kraft mit schwanken Hypothesen.
Er aber lacht, wenn solche Hirngespinste
Von List und Hochmut gierig ihn umkreisen.
Ein Greuel sind ihm diese Rechenkünste,
Die Schacher treiben und die seine Größe
Aus Wort und Zahlen klüglich auferstehen lassen.
Nein, Gott ist größer, als wir je erfassen,
Kein Senkblei taucht hinab in seine Tiefe,
An seiner Fülle schwinden alle Maße,
Und nur die Heiligen, die trunken in Ekstase
Voll Demut, Qual und Lust ihn brünstig riefen,
Gelangten manchmal wirklich an sein Herz.

DOM MILITIEN. Das ist die Wahrheit!

DOM MARC *überströmend auf Balthasar zutretend.* Mein Bruder, o
mein Bruder!

THOMAS *wie überrascht.* Wahrlich, wir verdienten gezüchtigt und
verworfen zu werden!

*Zu den andern Mönchen sich wendend, die ihre Spiele unterbrochen
haben und zuhören, ohne sich an der Diskussion zu beteiligen.*

Dahin gelangten wir also seit dem heiligen Bonaventura und Thomas
von Aquin!

*Zu Dom Marc und Dom Militien.*

Auch das sind Heilige, der euren wahrlich wert,
Diese Apostel, deren starke Stirn und Geister
Heiter und flammend glühten wie ein Gottesschwert.
In sicherm Denken sah ihr Herz die Flamme,
Um andre Seelen rein und mächtig zu begeistern,
Ihr Glauben grub aus der Vernunft den Samen,
DOM BALTHASAR. Laßt mich, o laßt!
Mein falscher Stolz muß hinab in den Kot,
Meine Sünde beugt mich, sie drängt mich und droht,
O ich sterbe, wenn du nicht Mitleid hast!
DOM MARC. Balthasar, bei unserer Freundschaft, erhebe dich!
Sieh mich doch an! Was ist dir geschehen?
Mein Meister bist du, dein Schüler ich!
DOM BALTHASAR *aufstehend.* Ich wollte, daß alle in Demut mich
vor dir sehen!
DOM MILITIEN. Ein solches Beispiel ist groß und würdig und befestigt
durch seine Offenheit unsern Glauben an deine Inbrunst,
Bruder.
DOM BALTHASAR *zu Dom Militien.* Du mußt Erbarmen mit mir
haben!
DOM MILITIEN. Unser Gebet …
DOM BALTHASAR *zu allen.* Ihr müßt unendliches Erbarmen mit mir
haben …

*Er entfernt sich, die Mönche bleiben überrascht zurück. Bald folgen
ihm Dom Militien und Dom Marc und begleiten ihn durch das
Portal. Sie verschwinden alle drei.*

THOMAS *zu den Mönchen, die jeder mit seiner Arbeit beschäftigt sind.*
Ist das nicht seltsam? So plötzlich wie ein Windstoß in eine solche
Aufregung zu verfallen! Man spricht, man diskutiert, man beweist,
und dieser erstaunliche Balthasar bricht plötzlich los und erzwingt
einen solchen Ausbruch!
ISEBALD. Er ist gebieterisch und anmaßend! Er ist stürmisch und
wild! Man glaubte, er stünde über uns allen, und plötzlich gibt er

sich demütiger, schlichter und niedriger als der Geringste unter den Laienbrüdern ... Niemand kennt sich in ihm aus!

THOMAS. Meinst du? ...

ISEBALD. Die Sicherheit des Klosters erfordert, daß dieser Mönch niemals sein Herr werde!

THOMAS. Wer wird ihn dran hindern?

ISEBALD *energisch*. Ich will alle Mönche dazu auffordern!

THOMAS *höhnisch*. Oh, die sind aus anderm Holz wie er. In seiner Gegenwart bleiben sie geduckt wie Geprügelte.

ISEBALD. Weil eben die Stunde noch nicht gekommen ist!

THOMAS. Aber sie ist gekommen, seit er in diesem Kloster ist. Der Prior unterstützt Balthasar, weil er Herzog und Ritter ist, wie er selbst, wie Dom Marc, wie Dom Militien. Er stößt ihn mit seinen Greisenhänden an unsere Spitze. Seit zehn Jahren sehe ich das, bekämpfe ihn, arbeite ihm entgegen. Und ich will, daß ihr mir heute helft, und ihr bleibt reglos!

EIN MÖNCH. Niemals werden wir Balthasar anerkennen!

THOMAS. So bekämpft ihn! Irgendeine Stimme sagt, daß die Taten zählen werden ...

ISEBALD. Niemals wird Rom ihn uns aufzwingen.

THOMAS. Dom Balthasar ist von erlauchtem Geschlechte,
Sein Name und seine Tugend verflechten
Sich zu einer gemeinsamen Flamme.
Er hat Herren zu Ahnen in seinem Stamme,
Und einer von ihnen,
Der einstmals von Kriegen und heißen Fahrten
Begütert zurück in die Heimat kam,
Gab alles, was er raubte und sparte,
Dem Kloster hier zu Eigen und Spende,
In dem nun wir dem Heilande dienen.

EIN MÖNCH. Ach, das ist eine alte Legende!

THOMAS. Doch ist es genug, daß man sie glaubt!

ISEBALD *träumerisch*. Wir andern, wir sind nur die Schreiber, die bürgerlichen Schreiber! Balthasar ... Comte d'Argonne, Duc de Rispaire ...

THOMAS. Er ist am wenigsten geneigt, der Zeit vorauszugreifen,

Und nie um streitbar starke Wissenschaft bekümmert.
Er sieht nicht, wie weit hinter unsern Klostermauern!
Schon Blitze auf dem dunklen Himmel schimmern.
Er kann niemals das Ringen dieser Zeit begreifen,
Von dessen Wut selbst Gott beinah erschauert.
Hier die vier Wände sind für ihn die Welt,
Indes rings draußen Tag und Nächte sich empören
Und so mit Donnerhall der Kampf der Zeiten gellt,
Daß man, um diesen Aufruhr nicht zu hören,
Von Stein sein muß oder nicht lebend sein!
Ihn sorgt nur dies, mit uns in dem aszetisch starren
Traum langverjährter Regeln eisern zu verharren,
Um drei Jahrhunderte kam er zu spät auf diese Erde,
Nutzlose Leidenschaft schrumpft seine Seele ein,
Nichts weiß er, nichts als unsre Litanein!
Und eben, weil er so ist, wird er Prior werden!

EIN MÖNCH. Ihr solltet es sein!

THOMAS. Das hängt nur von euch ab! Ihr seid die neue Kraft die man noch nicht kennt, die sich erst Bahn brechen muß. Wendet euch an den Papst, schreibt nach Rom!

ISEBALD *zögernd*. Ihr solltet wohl ernannt werden!

THOMAS *Isebald scharf ansehend*. Und Ihr ... Ihr ...

ISEBALD *Gleichgültigkeit heuchelnd*. Ach ich ... ich ...

THOMAS *mit Festigkeit*. Rom hat allein zu entscheiden! Der Erzbischof ist mir günstig gesinnt. Er verabscheut den Prior. Er wird außerhalb des Klosters für mich tätig sein, vorsichtig dabei, ohne Gewalt, ohne Anstoß, wie es sich ziemt. Aber ihr, um Gottes Gnade, rührt euch doch auch!

EIN MÖNCH. Ihr müßt uns sagen, was wir tun sollen!

THOMAS. Ahnt ihr es denn nicht? Eure Worte, euer Benehmen, die Wünsche, die ihr ausdrückt und die ihr verschweigt, die man aber doch ahnt, eure Briefe alles muß Balthasar bekämpfen. Man muß ihn in der Meinung des Priors herabsetzen. Man muß ihn vor seinen eigenen Augen erschüttern, damit er an ihm schwankend werde. Wie soll ichs euch sagen! Ihr selbst müßt es wissen!

ISEBALD. Nie schien mir Balthasar so gefährlich wie heute!

THOMAS *zu Isebald.* Er macht eine Krise des Gewissens durch.

THEODUL *zu den Mönchen.* Jeder von uns wird für ihn beten.

THOMAS *zu Theodul.* Betet erst für ihn, wenn das Kloster gerettet ist!

THEODUL. Für mich bleibt Balthasar ein würdiges Vorbild.

THOMAS. Der Geist Gottes ersteht von Jahrhundert zu Jahrhundert neu, so wie einst sein Leib. Bei jeder Wandlung erstehen neue Zeugen seines Ruhms. Heute sind wir es.

THEODUL. Und der Prior? Und Dom Marc? Dom Militien?

THOMAS. Ihr versteht nichts von dem, was wir hier alle gemeinsam wollen. Ihr seid ein abgestorbener Ast des Lebensbaumes, den Gott einst in diesem Kloster pflanzte und nun blühen läßt.

THEODUL. Unsere Pflicht ist, zu gehorchen!

THOMAS. Wir vertreten die Mehrheit, das Wissen und das Verdienst. Ihr werdet es eines Tages schon begreifen.

ISEBALD. Laßt uns nur handeln!

EIN MÖNCH. Ihr unterordnet euren Ehrgeiz einem andern!

EIN ANDERER MÖNCH *zu Isebald und Thomas.* Balthasar macht euch allein einig gegen ihn. Ihr würdet um seine Stelle kämpfen, sobald er sie verloren hätte.

THOMAS *zu den Mönchen.* Wir wollen euch den alten Fesseln entreißen, euch erwecken und stärken. Seid nicht eure eigenen Feinde!

*Ein Schweigen entsteht, da man den Prior nahen sieht.*

ISEBALD *halblaut.* Laßt uns nur handeln ... laßt uns nur ...

*Der alte Prior, auf seinen Stock gestützt, nähert sich langsam. Thomas tritt lebhaft auf ihn zu. Die andern entfernen sich nach und nach und verschwinden schließlich ganz.*

THOMAS *zum Prior.* Ich habe, mein Vater, die Kommentare zu Tertullian vollendet. Darf ich sie an Seine Heiligkeit den Erzbischof senden und das ›Approbatur‹ erbitten?

DER PRIOR. Seine Eminenz setzt große Hoffnungen in Euch. Er bewundert Euch, Bruder Thomas!

THOMAS. Seine Eminenz ist sehr nachsichtig.

DER PRIOR. Und glaubt Ihr, daß ich Euch nicht auch Achtung zolle?

THOMAS. Ich habe mein ganzes Werk unter Euern Schutz gestellt.

DER PRIOR. Ihr tragt vor Gott in starker Hand die Flamme,

 Das Dunkel unsrer Zeit rings zu erleuchten,

 Und ohne Euch und solche, die Euch gleichen,

 Sank dies Jahrhundert morsch in nichts zusammen.

 Ernste Gelehrte, klare Stirnen sind notwendig,

 Daß ihre Demut Gottes ew'gem Worte diene,

 Doch über ihnen

 Müssen beständig

 Die Rassen, die starken, Jahrhunderte alten,

 Als Herrscher und kraftvolle Führer schalten.

THOMAS. Trotz meiner Ehrfurcht wag ich zu bemerken:

 Wer stark ist in der Wissenschaft, hat wohl auch Stärke,

 Um anderen Gehorsam aufzuzwingen.

 Er könnte auch in den lebend'gen Dingen …

DER PRIOR. Glaubt mir: solang es hier auf dieser Erde

 Adelsgeschlechter gibt, so lange werden

 Sich Eure Hoffnungen niemals erfüllen!

 Die wahre Kraft, die unerschütterliche,

 Ist also ehern ihren Händen eingeschweißt,

 So tief verwurzelt dort in Wuchs und Willen,

 Daß Leben für sie einzig nur Beherrschen heißt.

 Und solang sie, die einzig sie ererbten,

 Die Kraft nicht selber müßig sinken lassen,

 Wird nie der Euren einer sie erringen.

 So wills die Ordnung, und ich hoff, Ihr werdet,

 Klug, wie Ihr seid, ihre Notwendigkeit erfassen!

DOM BALTHASAR, *der plötzlich herantritt.* Mein Vater, ich wünschte
Euch zu sprechen … unter vier Augen …

DER PRIOR *zu Thomas.* Verlaßt uns!

 *Thomas entfernt sich. Dann hält er noch einmal inne. Der Prior*
  *sieht ihn an. Er verschwindet.*

DOM BALTHASAR *zum Prior.* Gestern hat mir einer im Beichtstuhl
gesagt: »Vor fünf Monaten wurde Nol Harding getötet. Man klagte
seinen Sohn des Mordes an und verhaftete ihn. Man sprach ihm

das Urteil, er ist verloren. Und doch ist er unschuldig, ich weiß es, denn ich selbst bin der Mörder.«

Ohne zu überlegen, nur der innern Stimme des Gewissens folgend, habe ich diesen Mann gedrängt, sofort vom Beichtstuhl sich zu erheben und sich als schuldig zu bekennen. Er sagte mir: »Alles entschuldigte mich; Nol Harding hat meinen Vater getötet, er hat ihn vergiftet.«

Ich jagte ihn fast weg von mir, diesen Menschen, nur daß er sich rascher den Richtern überliefere. Und nun, versteht Ihr mich, mein Vater?

DER PRIOR. Ihr habt getan, was Ihr tun mußtet!

DOM BALTHASAR. Und ich? Ich selbst, der ich vor zehn Jahren
    meinen Vater getötet habe, und den Ihr hier bei Euch, fast ohne ein
    Wort zu sagen, aufgenommen habt?!

DER PRIOR. Wollte denn dieser Mann so inbrünstig wie Ihr
    Ins Kloster treten und auf beiden Knien
    Mit seiner Buße Tag und Nacht die Tür
    Zur ew'gen Gnade sich erringen?

DOM BALTHASAR. Ich denk nicht an ihn.
    Seit gestern sehe ich fürchterlich
    Klar in mir selber.

DER PRIOR. Euer Verbrechen ist tot, es zählt nicht mehr,
    Ich sprach Euch ledig, und Rom tats durch mich.
    In dem Jahrzehnte, das Ihr hier seid,
    Ward es Staub und Vergessenheit.
    Comte d'Argonne, Duc de Rispaire,
    Ihr werdet rein durch Büßen und Beten
    Aus Eurer letzten Stunde zu Gott hintreten!

DOM BALTHASAR. Nein, ich will meine Sünden allen in die Ohren
    gellen,
    Sie lebt in mir, rauscht auf in finstern Wellen
    Und reißt meinen wahnsinnigen Willen hinein!
    Ich will sühnen, will meine Buße verdienen,
    Laut will ichs in alle Winde schrein!

DER PRIOR. Mein Sohn!

DOM BALTHASAR. Die ganze Nacht hab ich gerungen,

Sie zu ersticken, zu dämmen, zu brechen;
Ich habs nicht vermocht. In brennenden Bächen
Ist ihre Flut in mir aufgesprungen.
Meine Augen waren nicht genug groß,
Um zu sehen, wie das lebendige Leben
Aus der reglosen Brust meines Vaters floß,
Wie sehr seine Glieder vom Blute troffen.
Seine Wunden schienen mir weiter offen
Wie damals, als ich ihm den Tod gegeben,
Und mir war, als ob sie noch mehr sich vertieften,
Als ob sie noch wuchsen, indessen ich schaute,
Wie das Blut von ihnen triefte und triefte.

DER PRIOR. Ihr habt geträumt!

DOM BALTHASAR. Nein, es war Blut, war rauchend heißes Blut,
Ich fühl es noch, es klebt, es lebt an meinen Händen,
Oh, ich bin rot davon bis tief in meine Seele,
Es strömt in mir, wie eine böse Glut
Durchrinnts mein Mark, in allen Gliedern fühl ichs schwelen.
Ich riechs an mir, ich schmecke es in Luft und Wind,
Und das Licht und alle Dinge sind
Rotschimmernd davon, ich schaure vor allem,
Was plötzlich auffunkelt, blinkt und sich rührt.
Mein Denken und mein Gebet sind verwirrt,
Und wie ein eiserner Schraubstock umschnürt
Das Schweigen mein Herz, wenn es dunkel wird.

DER PRIOR. Mein Sohn, Euere Träume sind von Wahngebilden
trächtig,
Nicht Gott, nein, Satan ist es, der verrucht
Sich Eures Denkens böswillig bemächtigt.
So hat er einst die Heiligen versucht,
So nahte Paulum und Antonius einst der Teufel,
Da sie in Wüsten flohen, um dort Gott zu dienen.
Ihr seid verstört, das Fieber glimmt in Euren Mienen,
Vergebens wendet Ihr den Blick von unsern reinen Höhn.
Ja, Ihr vergeßt, daß Mißtraun und der Zweifel
An Gott das ärgste ist von allen irdischen Vergehn.

DOM BALTHASAR. Mein Vater!

DER PRIOR. Ihr müßt die Herzensklarheit wiederfinden,

Laßt Ruhe an des Ingrimms Stelle treten,

Zerbrecht den Zorn, beginnt die bösen Keime, die

In Euch noch wuchern, aus der Brust zu jäten.

DOM BALTHASAR. Niemals vermag ichs! Nie!

DER PRIOR. Ich gebiet es Euch!

*Mit milderem Ton, nach einer Pause.*

Mein Sohn, bedenk, daß du zehn Jahre bei uns weilst,

Der Fasten Zehrung liebst, des Kelchs gefährlich süße

Ekstase, daß du alles mit uns teilst,

Dies unser tägliches und selbstgewolltes Sterben,

Das wir erwählt, um uns des Himmels Leben zu erwerben.

Du bist des Heilands Lust. Mit seiner herben

Und starken Liebe küßt er deiner Wundenmale

Geronnen Blut, das du für ihn verströmen ließest,

Und Engel jauchzen den Triumph im Himmelssaale,

Wie rein, wie glühend du die sündigen Taten büßest.

Du darfst dein Schicksal Gott nicht unbedacht entziehen,

Da du sein Priester bist und sein Verkünder,

Sein anbegonnen Werk aus Unverstand vernichten.

Du darfst nicht vorwitzig jetzt zwischen dich, den Sünder,

Und Christus, dem dich deine Buße noch verpflichtet,

Die Schranke eigener Gerechtigkeit errichten!

DOM BALTHASAR *gequält.* Mein Vater! Mein Vater!

DER PRIOR. Höre mich noch an!

DOM BALTHASAR. O mein Vater!

DER PRIOR. Dir steht es frei, den Weg der Buße selbst zu wählen,

Allein dein Anbeginn war schon so schlicht und schön,

Daß Gott wohl selbst in dieser Stunde dein Vergehn

Verzeiht und liebt, weil eben durch dein Fehlen

Du dich erst höchster Gnaden würdig wiesest.

Es hieße Gottes Absicht frevlerisch verderben,

Wenn du dein Herz die Sünde nicht verschweigen ließest,

Revolte war es, seines Willens schmählichste Verhöhnung!

Denn wohl galt Christi Leben nur dem Recht, allein sein Sterben,
Das noch viel höher zählt, verheißt dir die Versöhnung.

DOM BALTHASAR. Mein Vater!

DER PRIOR. Und dann, mein Sohn, bedenk in dieser Stunde das,
Wie sehr wir alle für dein Fehlen büßten,
Wenn wir den Gottesleugnern hin zu Lust und Fraß
Dich als den Schuldbeladnen überliefern müßten!
Denk an die rote Art der irdischen Gerichte,
Die dich nicht treffen darf, weil du ihr nicht verpflichtet,
Denk auch, mein Sohn, an mich, denk an die Macht,
Die dir nach meinem Tode zugedacht!
Du bist von edlem Blut und bist erkoren,
Dies Kloster zu beherrschen. Dir gedacht ichs zu!
Gott wußte wohl, warum gerad zu diesen Toren
Er dich dereinst aus deines Herzens Rausch und Ruh
Demütig, doch mit ungebeugtem Herzen sandte.

DOM BALTHASAR. Mein Vater, Mitleid brauch ich, oh, so viel Erbarmen!

DER PRIOR. Nein, nein, raff dich auf, lieg nicht mehr brach,
Ersteh als neue Saat aus unfruchtbarem Wehe!
Vor uns, wenn du es willst, bereue, beichte deine Schmach,
Damit dein Büßen deinen Ruhm nur noch erhöhe!

DOM BALTHASAR. O wenn ich all dies Böse, das mich peinigt,
Ein letztes Mal vor meinen Brüdern beichten könnte!

DER PRIOR. Nach altem Brauche ist es dir vergönnt.
Faß den Entschluß und brauch ihn wie ein Schwert!
Nichts ist hier unter Brüdern dir verwehrt,
Sobald du glaubst, daß es dich klärt und reinigt.

DOM BALTHASAR. O wie gewiß bin ich dessen!
Im offnen Saal, vor meiner Brüder Reihn,
Werd ich die rote Qual aus meinem Herzen reißen
Und sie ertränken in der Flut ihrer Gebete.
Oh, fromm beglückt und glühend will ich vor sie treten,
Mein Herz wird von der Angst und Qual wie blühend sein.
An ihrem reinen Rate wird mein Herz aufleben,
All meinen Zweifel, meine Hoffnung, meine Pein

Will ich demütig ihren sichern Händen geben,
Alles, o alles will ich gestehn.
Mein Vater, wollt Ihr mir Beistand leihn?
DER PRIOR. Sei nur getrost, ich werde mit dir gehen!

*Der Prior entfernt sich. Balthasar eilt auf Dom Marc zu, der seit
einer Weile sie beide von der Ferne aus betrachtet hatte.*

DOM BALTHASAR. Mein Bruder, endlich werde ich wieder auferste-
hen, wird mein Herz nicht mehr nächtig sein. Ich werde wieder der
sein von einst, der, den du liebtest …
DOM MARC. Nie bist du der nicht gewesen, niemals hast du unsere
Liebe nicht verdient.
DOM BALTHASAR, *der wieder düster wird.* O schweige! Ich schäme
mich, noch zu leben und es dir glauben.
DOM MARC. Was immer du getan hast, ich habe so großes Vertrauen
in deine erprobte Tugend …
DOM BALTHASAR. O schweige, schweige! Sprich nicht zu mir, ehe
ich nicht entsühnt bin!
DOM MARC. O mein Freund, mein Lehrer, warum bin ich
Nur ein so Schlichter und gar so Geringer!
Doch mein ganzes Wesen breitet sich
Ungestüm deinem Schmerze entgegen,
Den ich fühle und den ich doch nicht begreife!
O wolltest du ihn meiner Seele doch geben!
Ich bin ja nichts, doch ich habe zwei Hände,
Um sie zu falten, ich habe zwei Füße,
Sie vor die Heiligen kniend zu schleifen,
Und ich hab eine Seele, deren lodernde Chöre
Dich als Sämann der ewigen Liebe grüßen.
Ich lieb dich so sehr,
Als Gott es den Menschen verstatten kann,
Nach deinen Schmerzen hab ich Begehr,
All deine Qual, ich will sie für mich,
Ich will dein Leid, dein Kreuz für dich tragen,
In meinem Fleische möge der Zahn
Der grimmigen Qual und Empörung nagen,

Und der Speer,
Der dich durchbohrt, er durchbohre mich!
DOM BALTHASAR. Du Kind!
DOM MARC. Ich fühl ein Geheimnis dich dunkel umnetzen.
Auch der Beste in unseren Reihen vergißt
Sich manchmal vor unseren Ordensgesetzen.
Doch wenn dein Makel auch furchtbar ist,
Und wenn die Blitze der Hölle jetzt vor dir aufstiebten,
Ich glaub, daß ich dich nur noch glühender liebte!
O sieh, meine Augen sind heute und stet
Von deiner Glut und Ekstase belebt,
Du bist der Magnet,
Der mein Herz in die heiligen Himmel erhebt.
Nach Jesus Christus weiß ich mehr keinen,
Der so sehr in mir den Glauben erhält,
Daß die Welt voll Güte und Gnade sei!
O mein Bruder, du bist zu Großem erwählt,
Zerbrich deine Trauer, mache dich frei
Von den Fesseln, die du dir selber schmiedest!
Sei wieder wie einst von Vertrauen beseelt,
Denn nie bist du schöner, als wie wenn du gebietest!
DOM BALTHASAR. O du Sanfter, Inniger, o du Trauter,
Wie ich immer und selbst in aufschäumender Qual
Dich doch so unendlich liebhaben muß!
Du lehrtest mich erst das reine Vertrauen,
Eine endlose Güte läßt du mich schauen,
Die heiligsten Stimmen läßt du mich hören,
Und ich pflück sie von deinem kindkeuschen Munde
Und vermeng sie mit meiner, die trübe klingt.
O ich glaube an alles, was aus deiner Seele
An Ahnung und dunklem Gefühle dringt,
Denn ich weiß, daß du ohne Irrtum und Fehle
Gottes Willen prophetisch verkündest,
Ich weiß dich klar von jedem Gelüst
Und weiß, daß du rein von Eifer und Sünde
Und jungfräulich wie ein Opfer bist.

DOM MARC *in Ekstase.* Balthasar! ... Balthasar!

DOM BALTHASAR. Du zarte Seele,
Hätt ich nicht Furcht, den Schmelz deiner weißen
Unschuld rauh und roh zu entblättern,
Ich würde den Schrei meines roten und heißen
Gewissens dir drohend entgegenschmettern,
Dir zuerst würd ichs, ehe den andern, sagen,
Mein Verbrechen, das man mir längst verzieh,
Das lange schon tot ist. Und doch fühle ich, wie
Es mit gierigen Krallen und Blut im Gesicht
Aus dem bösen Dunkel vergangener Tage
In meinen Leib, meine Seele kriecht,
Und dort seine gefährliche Drohung grollt.

DOM MARC. Sage mir nichts, ich will nicht, daß du erniedrigt
Hier allein vor mir dastehen sollst!

DOM BALTHASAR. Vor allen meinen Brüdern will ich beichten,
Da sollst du es hören und sollst mir sagen,
Was noch erübrigt,
Damit mein Herz von Qualen frei
Und all seiner Sünden entledigt sei.

DOM MARC. All meine Seele
Wird sich zur lodernden Flamme entfachen,
Um brennend über dein Leid zu wachen.
All meine Liebe wird dein Herz in den Nöten
Wie ein Linnen, das Tränen trocknet, umschlingen,
Die heiligsten Waffen, Fasten und Beten,
Will ich in meinen Händen hochschwingen,
Um des Herzens Ruhe für dich zu erringen.
Und wenn die Madonna, um ihn zu erfüllen,
Wie einst meines Herzens Wunsch und Willen
Zu wissen begehrt, so will ich zu ihr schrein:
»O Mutter, Reine und Makellose,
Heile mit deinen Strahlen und Rosen
Meines Bruders Reue und Pein!
Sei ihm das Kleid
Von Güte und Gnade und großem Verzeihn,

Des alle wir, die wir auf Erden wallen,
Bedürftig sind,
Damit Gottes Auge, das selige, klare,
Ohne Mißfallen
Unsere irdische Bresthaftigkeit
Gewahre!

DOM BALTHASAR. Mein sanfter Bruder!

DOM MARC. Ich begreife das himmlische Heil
Und die göttlichen Pforten nicht mehr ohne dich!
Ich will deine Seele mit meiner erretten,
Ich will sterben, damit uns der gleiche Teil
An Glück und an Gluten ewig gehöre,
Ich will, daß unsre Geschicke so sehr sich verketten,
Daß mein Mund und deiner nur einer scheint,
Daß unser Beten und Gottes Lobsingen
So sehr in einen Hymnus verrausche,
Daß Christus und all seiner Engel Schar
Unser Wesen vertausche,
Wenn unsre Liebe, in Gott vereint,
Geläutert und klar
Aufrauscht mit ihren feurigen Schwingen.
O mein Bruder! Mein Bruder Balthasar!

*Er wirft sich an Balthasars Brust. Die Glocken beginnen zu klingen.*

DOM BALTHASAR. Sei unbesorgt und habe Dank!
Durch deine Reinheit ward mir neue Kraft beschieden,
Mit solcher Hilfe kann ich ohne Wank
Der Hölle Schauern stark entgegentreten.
Nun naht die fromme Stunde der Gebete,
Die Glocken klingen ihren sanften Frieden
In unsre schmerzhaften Verworrenheiten,
Und selig naht mir gute Zuversicht,
Daß wir auf Gottes rechtem Wege schreiten …
Sei unbesorgt … Doch bete, bete viel für mich!

*Sie trennen sich. Der Vorhang fällt.*

# Zweiter Akt

*Der Versammlungssaal: Holzbänke, weißes und schwarzes Getäfel,
eine Binsenmatte in der Mitte. Ein Kruzifix hängt an der Wand.
Rechts, an seinem gewohnten Platz, Dom Balthasar, hingestreckt,
das Gesicht in den gefalteten Händen verborgen. Thomas nähert
sich ihm langsam. Er klopft ihm leise auf die Schulter.*

THOMAS. *Eure* Seele ist beunruhigt, mein Bruder. Darf ich meinerseits
für Euch beten und Anteil nehmen?

DOM BALTHASAR *ihn ansehend und mit seiner Antwort zögernd.*
Alle Gebete zählen vor Gott.

THOMAS. Ihr scheint zu leiden, wie selten einer!

DOM BALTHASAR. Alle Gebete zählen vor Gott vielleicht weniger
als meine Sünde.

THOMAS. Eure Sünde?

DOM BALTHASAR. Jetzt, in ebendieser Stunde, werde ich sie vor
Euch beichten.

THOMAS. Ist sie so groß, daß sie Eure Inbrunst und Leidenschaft
niederschlägt?

DOM BALTHASAR. Meine Leidenschaft … meine Leidenschaft … ja,
es handelt sich um meine Leidenschaft.

THOMAS. Eure Leidenschaft. Ich weiß wohl, wie ingrimmig und
hartnäckig sie ist. Ich kenne sie …

DOM BALTHASAR. Laßt mich jetzt!

THOMAS. Ich kenne ihr dumpfes Bemühn um die Herrschaft dieses
Klosters.

DOM BALTHASAR. Laßt mich, sage ich Euch! Nicht ich und nicht
Ihr werden die Gebieter dieses Hauses sein. Es gibt Würdigere …

THOMAS. Dom Militien?

DOM BALTHASAR. Laßt mich … laßt mich … laßt mich jetzt!

THOMAS. Ich verstehe Euch nicht mehr. Ich weiß nicht, was ich
glauben soll.

*Ein Schweigen. Dom Balthasar antwortet nicht. Thomas fortfahrend.*

Dom Balthasar, Ihr seid seit langem
Derjenige unter uns allen gewesen,
Den das Schicksal gleichsam sich auserlesen,
Um unsern Gehorsam als Herr zu empfangen.
Eure Worte waren hoffärtig und scharf,
Und Euer Wille wie Erz unterwarf
Mich und jeden andern sich gleich.
Unser Prior spürte in Euch
Eine Seele, die wie die seine sich herbe
Und adelsherrlich immer bezeigte,
Und bestimmte, daß Ihr, sobald er versterbe,
Sein Herrenamt als Prior bekleidet.
Indes sich sonst die Lebenslinie wie in Labyrinthen
Verworren windet, wart Ihr wie ein Turm
Hoch an dem Ufer des Lebens gebaut,
Von dem man, wohin alle Wege münden
Und Gottes Absicht und Willen erschaut.
Und heute seid Ihr plötzlich schwach und schwank,
Müde, verwirrt, mit sich selber uneinig,
Eine Ruine, die ihren Untergang
Selber beschleunigt.
Euer Hochmut knistert und scheint zu zerbrechen,
Eure Kühnheit versagt. Und der Hochmut, der wild
Und dreist Euer ganzes Fühlen erfüllt,
Beginnt sich endlich ingrimmig zu rächen.
DOM BALTHASAR. Wenn meine Hoffart sich rächt, zumindest weiß
Ich genau, daß ich selbst ihrer Rache Bewirker sei.
THOMAS. Wehe, auch dieser neue Schrei,
Den Euer Gewissen Euch jetzt entreißt,
Auch er ist Hoffart und Stolz Stolz wie Ihr selbst.
DOM BALTHASAR. Es ist nicht wahr! Nicht wahr! Ich lüge, ich lüge!
Nur durch Liebe, nur durch die Liebe allein
Wird meine Reue, wird meine Pein
Die Seele von ihrer Last befrein.
Oh, ich weiß nicht mehr klar, was ich jetzt sage,
Kaum bin ich bewußt noch, was ich jetzt fühle,

Eure Blicke, die gierig lief in mir wühlen,
Verraten mich,
Die Flammen, die Euren Worten entschlagen,
Zücken mich an und verbrennen mich,
Doch Gott, der mich liebt und der mich versteht,
Sieht mit seines Blickes strahlendem Schein
In den dunkelsten Grund meiner Seele hinein.
Weg, fort von mir! Verlaßt mich! Geht!

THOMAS. Ihr wollt es also nicht, mein brüderlich Gebet?

DOM BALTHASAR. O ihr Heiligen, o seligen Engel ihr,
Die ihr sanft über die Stätten der Toten schwebt,
Ihr Schutzpatrone, habt Mitleid mit mir,
Wie mit allen wahren christlichen Streitern!
Meine Reue ist echt, ihre Inbrunst erhebt
Mich auf zu den Höhn der Erlösung und Gnade.
Doch mein Bruder versucht mich, und seine Stimme
Erweckt noch immer
Den Aufschwall der Hoffart in meiner Seele.
Doch wollt ihm, o Herr, die Sünde nicht zählen,
Schenkt ihm Erbarmen und schenkt es auch mir!
Ich will ja auch sein Gebet nicht verschmähen,
Ich kann nicht, nein, und ich will es nicht.
Vielleicht kann es Gnade und Sühne säen
Am heiligen Felde, im Jüngsten Gericht.
Vielleicht hat es mehr als die andern Gewicht.
Doch Herr, um all deiner seligen Leiden,
Um deiner Taufe willen und Todespein,
Wolle uns beiden
Gnädig sein!

THOMAS. Mein Gebet wird sich um so wirksamer weisen,
Als ichs, um es auf zu Gott zu erheben,
Mir selber erst wider Willen entreiße.
Für jene zu beten,
Die man befeindet, ist mehr von Wert,
Als der bittersten Reue Flamme und Schwert.

Ich bete für Euch und werde weiter beten.

DOM BALTHASAR *resigniert.* Dank!

*Eine Pause.*

THOMAS *will sich entfernen, kehrt aber wieder um.* Ihr sagtet vorhin: Nicht Ihr und ich werden der Prior dieses Klosters sein! Dom Militien ist zwar von hohem Rang, aber doch schon zu alt: überdies todkrank. Und Isebald: eine Durchschnittsnatur. Baron und Theodul, beide arme Skribler, die sich mit Büchern quälen, deren Geist sie nie erfassen. Und Dom Marc ein Kind, ein Einfältiger ...

DOM BALTHASAR *jäh auffahrend.* Rührt nicht an ihn,
    Der unkund ist unsrer Erbärmlichkeiten,
    Frei unsrer Begierden, die sich quälen und streiten!
    Er ahnt nicht Eure Gier, ihm seinen Platz zu rauben,
    Er lebt und glaubt in Gott, eh an sich selbst zu glauben.
    Er ist der goldne Strahl des Lichts in unsrer Trübe,
    Und wird er einst zum Herren über mich und Euch bestellt,
    So wird er die Hände zum Himmel erheben,
    Daß wie vorzeiten
    Wieder der Dienst der Entsagung und Liebe
    Rein in unseren Reihen walte.
    Und man wird ihm gehorchen, den uns Gott bestellte,
    Weil Gott es so wollte. Und sind Wunder vonnöten,
    So werden sie aus allen Hindernissen,
    Die Ihr ihm bereitet, zutage treten.

THOMAS. Ihr macht mich staunen! Wenn der Prior sagte,
    Um eines Klosters als Herrscher zu walten,
    Um es stark zu machen, ruhmvoll und reich,
    Brauche man starke und unverzagte
    Männer, die seit vielhunderten Jahren
    Die Führerschaft
    Mit eiserner Kraft
    In Händen halten,
    Männer des Adels, im Gebieten erfahren.
    Das könnt ich verstehn. Und ich dachte an Euch!
    Doch Dom Marc? ...

DOM BALTHASAR. Denkt nur an ihn, an ihn allein!

THOMAS, *der sich plötzlich Dom Balthasar schroff gegenüberstellt.*

Ich denk an mich und nur an mich allein!
Ihr seid die Kraft, die sich im Krampfe selbst zerreißt,
Seid Euer eigner Feind, der eigene Ruin,
Doch ich bin, der erst steigt und seine neue Stärke preist!
Ich bin müd, zu gehorchen und in Demut zu knien,
Kraft strömt aus meines Herzens glühenden Schächten,
Wer mich bekennt, der wird sie von mir erben,
Und eure alten angemaßten Herrenrechte,
Ich werf sie weg, wie faule Frucht aus vollen Körben.
Ihr ahnt nicht, wie feurig mein Herz auffunkelt,
Wohin meine Wege apostelgleich führen,
Ihr, die ihr Mönche seid des Wappens nur, des Stolzes und des
  Prunkes!
Mich würde Christus statt eurer erküren,
Er würde sagen: Ich seh euch ärgerlich in Träumen stocken,
Schwerfällig hinter Mauern euern Tag verarmen.
Ihr lebt nur hin. Und draußen rufen Sturm die Glocken
Gegen mein Kreuz, das einst mit seinen breiten Armen
Die ganze Welt umfaßte und ans Herz sich drückte.
Ihr werdet immer kleiner, seid in euch Gebückte,
Nie rührt mehr Gottes Atem eure Seele.
Zwar ihr schmückt die Altäre mir mit Blüten,
Doch das ist Dienst der Küster, zu verhüten,
Daß dort den Kerzen nicht die Flamme fehle.
Allein die ungeheure Glut, sie lasset ihr ersticken,
Die wie mit Feuerzungen um die Osterzeit
Auf meine Gläub'gen einstens niederflammte.
Seh ich euch so, wie ihr mit matten, kalten Blicken
In meinen Kirchen plärrend euch versammelt
Und lässig die Gebete litaneit,
So möchte ich mit Geißeln euch heimsuchen …

DOM BALTHASAR. Euer Reden ist Lästern, ist Gottversuchen!

Selbst sagt in den heiligen Büchern der Christ,
Daß bei jeder Andacht er teilhaftig ist.

THOMAS. Er ist der Geist, ist die Glut und der Zorn all derer,
　　Die für ihn streiten, seiner wahren Verehrer.
DOM BALTHASAR. Unser Dienst ist ihm so sehr wie Eurer wert,
　　Und das himmlische Feuer, das uns versehrt,
　　Stammt aus dem gleichen göttlichen Willen.
　　Wir lieben ihn einsam, in Erbauung und Stille,
　　Denn die Welt, die Ihr zu bekehren glaubt,
　　Der Ihr seinen Ruhm anpreisen wollt,
　　Ist blind und ist taub, aller Sinne beraubt
　　Wie ein Greis, den man morgen zu Grabe trägt,
　　Spielt sie in kindischer Wollust mit Gold.
　　Das einzige Trachten, das sie bewegt,
　　Gilt diesen Spielen und Kinderein.
　　Was aber hat dies töricht Benehmen
　　Mit Gott und der ewigen Wahrheit zu tun,
　　Mit unserm Gotte, mit Eurem und meinem?
　　Wenn die Heiligen, die in ihren Gräbern ruhn,
　　Plötzlich wieder auf Erden kämen,
　　Sie würden aus ihres Herzens Brand
　　Alle Flammen in zorniger Hand
　　Vereinen,
　　Und schleudern, damit sie die Welt verzehren,
　　Und dann wieder heimwärts zum Himmel kehren.
　　Ich weiß so gut wie Ihr, was diesen argen Zeiten
　　Vonnöten ist, die tief in Fluch und Frevel stecken;
　　Allein ich werde nie mit ihnen streiten,
　　Nie meine Hand mit ihrem Eiter mir beflecken.
　　Ich tat es nie. Ihr jedoch wollts,
　　Doch, denk ich, höchstlich wohlbedacht, daß auch dabei
　　Stets Euer Glanz und Christentum sehr sichtbar sei,
　　Und wägt Ihr darum Stolz an Stolz,
　　So wähl ich lieber doch den meinen.
THOMAS. Wiederum Hoffart, wiederum der Stolz!
DOM BALTHASAR. Oh, diesen halt ich aufrecht! Dieser bringt
　　Mich nicht so leicht zu Reue und Erröten.
　　Ein Ungestümer bin ich, der mit seiner Sünde ringt,

Ohne darum des Herzens Größe in sich abzutöten.
Doch hab ich sie gebüßt, so will ich wieder
Voll Kraft nach meinen alten Rechten fassen!
Ich halte Euern Übel willen nieder,
Dom Marc allein bereite ich die Straße,
Für ihn allein will ich mich mühen
Und ihn mit meiner Arme wohlerprobter Kraft beschirmen.
Das ganze Kloster weiß, von welcher Leidenschaft ich glühe
Und was für reine Kräfte sich in meiner Brust auftürmen,
Die Eurer Anmaßung die rechten Schranken setzt.
Rein muß der heilige Wein im Kelche glühn,
Und Euer Sinnieren und fiebriges Zweifeln,
Es würde tropfenweise in ihn
Das Gift einträufeln,
Das ihn zersetzt
Und für alle Zukunft mördrisch vernichtet.
THOMAS *sehr kühl.* Ob durch Stolz oder Reue ich sehe jetzt,
Daß Ihr Euch selber zugrunde richtet.

*Der Prior erscheint plötzlich im Saale. Beide Mönche schweigen
und sind betroffen. Nach einiger Zeit tritt Balthasar auf den Prior
zu.*

DOM BALTHASAR. Verzeiht, daß ich meine Sammlung und Buße
jäh unterbrochen habe, aber dieser tolle Mönch lenkte mich ab und
versuchte mein Herz mit gehässigen Worten.
DER PRIOR. Ihr hättet ihn verjagen sollen, wenn er Euch versuchte!
Eure Pflicht war strenge, unverbrüchlich strenge Schweigsamkeit
und Sammlung.

*Zu Thomas.*

Laßt ihn mit seinem Gebet allein!

*Der Prior macht eine Handbewegung. Thomas entfernt sich.*

DER PRIOR. In dieser Stunde, Sohn, müssen wir beide
Des Klosters Ruhm und Glanz aufrechterhalten,
Daß es hochrage über allem irdisch-wirren Streite!

Ist deine Beichte nicht voll siegreicher Gewalten,
Erringt sie dir nicht gleich mit einem Schlage
Die eigne Ruhe und der Brüder Ehrfurcht wieder,
So war es besser, sie für diesmal zu vertagen.
Ich kam, um dein Geständnis hilfreich hier zu überwachen.

DOM BALTHASAR. Oh, mein Vater, es wird für Gott ein Geringes sein,
Nach dem Geständnis mich wieder mutvoll zu machen.

DER PRIOR. Sei sicher, Er, der Herr, tritt dir zur Seit,
Denn wenn er dich verließe, ich nicht bei dir stände,
So würde deine Demut, deine heiße Frömmigkeit
Sich gegen uns und gegen ihn selbst wenden.
Denn wenn Männer von unsrer Abkunft nicht wissen,
Wie sie durch Kühnheit, durch heilig begeisterungsvollen
Mut ihre Herrschaft erobern und festhalten sollen,
Die ihnen Gott und alter Anspruch überließen
Dann ists vorbei mit Mannestugend, oh, dann fällt
Die alte Adelsherrschaft, die die Welt
Zusammenhielt in eisern harten Händen!
Dein Beispiel ist gewagt doch es ist königlich!
Grell wie ein Blitz muß es die Brüder blenden,
Als Priestertat müssen sie's fühlen, die sie dir
Aufs neu hörig macht und ehrfürchtig.
Und dann vor allem jene, welche immer hier
Verborgen wühlen und ehrgeizige Pläne schmieden,
Sie müssen spüren, welcher Unterschied
Stets zwischen ihnen ist und solchen, wie wir,
Die selbst wenn sie in Demut sich beugten und knieten
Noch immer herrschen, noch immer gebieten.

*Die Glocke beginnt zu läuten. Man hört nahende Schritte. Die
Mönche treten in den Kapitelsaal und begeben sich an ihre Plätze.
Der Prior nimmt auf seinem erhöhten Sitze Platz.*

DER PRIOR. Das Kloster ist von seinen alten Gebräuchen abgekommen. Ein Mönch, einer eurer Brüder, hat sie mir wieder ins Gedächtnis gerufen. Seit die öffentlichen Beichten vernachlässigt wurden, hat die Zucht unseres Ordens gelitten. Vor zehn Jahren, unter meinem Vorgänger Don Gervais, wurden sie noch praktiziert. Ich führe sie heute wieder ein. Ihr werdet die Beichte eines Vatermörders hören!

THOMAS *auffahrend.* Eines Vätermörders?

DER PRIOR *ruhig fortfahrend.* Eines Vatermörders, dem seit langem vergeben ist. Vor der Welt wäre ein so freies und rückhaltloses Geständnis unmöglich. Aber ihr seid Mönche und werdet die Schönheit und den Heroismus eines solchen Geständnisses verstehn, ihr werdet daran zu bewundern wissen, was minder klare Seelen gar nicht verstehen würden.

*Zu Dom Balthasar.*

Legt Eure Beichte ab, mein Bruder!

DOM BALTHASAR *steht auf und kniet auf die Strohmatte inmitten des Saales.* Ich bitte euch alle im voraus um Vergebung, denn mein
Vergehen ist alt, und ich habe Jahr und Tag in diesem
Kloster straflos gelebt.
Mein Vater ist tot, ich hab ihn erschlagen!
Mein Kopf war wirr und vom Weine heiß,
Den ich zu gierig bei einem Gelage
An jenem Abend heruntergoß.
Unser Haus lag still. Ein Lichtschein floß
Matt und karg um sein einsames Lager.
Mein Vater war damals noch rüstig, ein Greis
Von Kraft und Willen. Seine Kehle bot hager
Und nackt meinen schauernden Blicken sich dar.
Eisgrau und matt erglänzte sein Haar,
Und der Stolz seines Schlummers, der wehrlos war,
Verteidigte ihn: ich prallte zurück!
O hätte in jenem Augenblick
Die Verzweiflung mir grell schon entgegengeblitzt,
Hätt ihn das Kreuz,

*Er deutet auf das Kruzifix an der Wand.*

daran unsre Lippen inbrünstig vergehen,
Im Schlummer verteidigt, sein Leben geschützt,
Hätte mir Gott von euch allen, die heut
Mich als Brüder und Freunde liebend umstehen,
Einen als flammendes Vorbild gesendet,
Ich hätte die mördrische Tat gescheut,
Und nie hätte Blut meine Seele geschändet!

DER PRIOR. Mein Sohn, Ihr solltet ruhiger die Beichte legen!

DOM BALTHASAR. In diesem Moment der Entscheidung geschahs,
Daß mein Väter plötzlich die Augen aufschlug
Und voll Mißtraun vor mir und vor meinem Haß
Sich schweigend erhob.
In meiner Kehle war alles verdorrt,
Ich fühlte das Blut in den Adern erkalten.
Mein Vater versuchte, mich festzuhalten,
Er preßte mir beide Arme zusammen
In seiner Verzweiflung, doch sprach er kein Wort,
Weil er nicht wollte,
Daß je ein andrer erfahren sollte,
Daß ein Geschlecht von so fürstlichem Stamme
Wie das unsre so schändlich verging.
Mein Zorn sprang auf, wie sein wütender Griff
Mein blutendes Fleisch in den eisernen Ring
Seiner dürren und eisernen Finger kniff.
Ein gelber Zorn zuckte in mir,
Ich stieß ihn in den Alkoven zurück,
Und mein Messer funkelte vor seinem Blick …
Er schien in dieser Sekunde mir
All meine Ahnen in sich zu vereinen,
So riesenhaft war er, so toll seine Größe.
Vergebens sucht ich die Brust ihm mit meinen
Händen zu fassen. Er wich meinen Stößen
Immer noch aus, ergriff meinen Nacken
Und riß mir blutige Nägelzeichen.
Ich suchte ihn immer wieder zu packen
Und hinzuschleudern. Mit zähem Geschick

Gelang es noch einmal ihm, mir zu entweichen,
Dann standen wir beide Blick in Blick
Gegenüber,
Heiß und glühend, stolz und erbost,
Und dann mit einem einzigen Stoß
Stieß ich ihn nieder …
Nun habt ihr mein Verbrechen erfahren,
Seine Verworfenheit und seine Niedertracht,
Ich beichtet es so, wie ich nun vor zehn Jahren
Es an jenem grausen Abend vollbracht.

DER PRIOR *aufstehend.* Ob es auch schändlich ist, von Vaterblut gerötet,
Es wird erstickt von unsern Klostermauern!
Ihr habt das Unkraut Eures Herzens ausgejätet
Und reingebrannt im goldnen Feuer Eurer Buße.
Seid nicht verzagt mehr! Endet Euer Trauern!
Nun werden wir gemeinsam über dies Verbrechen tagen.
Mein Sohn, antwortet den an Euch gestellten Fragen!

*Schweigen.*

EIN MÖNCH *zu Balthasar.* War Euer blutiger Haß irgendwie begründet?

DOM BALTHASAR. Mein Vater war sehr streng, und ich war unberechenbar. Er war ein Hindernis für meine Gelüste, und ich begehrte sein Geld.

EIN ANDERER MÖNCH. Habt Ihr Euch lange mit der Absicht Eures Verbrechens getragen?

DOM BALTHASAR. Zu lange, als daß ich mich dessen nicht anschuldigen müßte.

DER PRIOR *unterbrechend.* Der Mord geschah plötzlich und in einer heftigen Aufwallung. Es war unmöglich, daß Ihr ihn langer Hand vorbereitet habt. Ihr übertreibt Euer Verbrechen!

DOM BALTHASAR. Meine Schande, meine Reue reichen weit über meine Sünde hinaus.

EIN MÖNCH. Wenn unsere Überlegung Euch auch verdammen muß,
so rechtfertigt Euch doch unser Gefühl. Euer Beispiel ist von wahrhaft christlicher Erhabenheit!

ISEBALD *aufstehend.* Von christlicher Erhabenheit? Es genügt also zu
morden, um als Vorbild zu glänzen?

DOM MILITIEN. Dom Balthasars Beichte ist schlicht und groß.

Hätte dereinst, als der Glaube noch galt,
Ein sündiger Mönch mit solcher Gewalt
Um seine Buße zu Gott gerungen,
So hätten die Brüder ihrer Augen Licht
Als heilig erachtet, und dieses nur, bloß
Weil sie sahen, wie von Feuer umschlungen
Eine Sünde begnadet zum Himmel fuhr.

ISEBALD. Sprecht nicht von Gnade, sprecht jetzt von der Sünde nur!

DOM MILITIEN. Wahrhaftig, hört man Euch, so scheint es fast,

Als sei die Pflicht steter Barmherzigkeit Euch eine Last.
Kraß klingt aus Euren Worten Unerbittlichkeit,
Und Euer Herz schließt heute Gott nicht ein.
Ihr zeigt Euch feindlich, hart, wollt Eurem armen
Gequälten Bruder seine alte Sünde nicht verzeihn.
Hart seid Ihr, hart! Ihr weist den fremden Gast,
Der nachts um Einlaß pocht, schroff von der Seele Tür!

ISEBALD *auf Dom Balthasar deutend.* Er ist der Sünder doch! Was
rechtet Ihr mit mir?

THEODUL. Man wird ganz unsicher gegenüber einer solchen Tiefe
der Qual und Verwirrung.

DOM MILITIEN. Jede irdische Missetat

Wird Probe, wird Kampf, sobald die Erleuchtung,
Die Paulus einst zum Apostel gewandelt,
Den Schuldigen heimsucht und mahnend durchdringt.
Ihr vergeßt die Mirakel, Ihr urteilt und handelt
Nur nach den Formeln der irdischen Maße,
Doch Eure Worte und Werke vergaßen
Die Glut und die Kraft, die einstens die Klöster erfüllt.
Das Haus des Heilands, es verliert den Sinn,
Sobald nicht mehr der heldenhafte Mut darin

Als höchste Regel gleich für Gut und Böses gilt.
Dom Balthasar büßte die Schuld: seither
Steht er noch höher. Und je größer sein Fehler war,
Desto größer ward durch seine Demut er.
Keiner von uns hätt so den Tod bestanden,
Keiner so viel Versuchung auf dem Weg zu weichen.
Die heil'ge Tat der Buße grub den Schein
Des Heldentums in seine Augen ein.
Gott ließ sein Verbrechen nur darum geschehn,
Daß an seiner Entsühnung wir klar die Zeichen
Seiner einstigen hohen Bestimmung sehn.

ISEBALD. Das ist toll! Das ist zu toll! Niemals ward eine Sünde so aufgebläht. Dom Balthasar ist nichts als ein Verbrecher! Blut klebt an seinen Händen, und wir verleugnen ihn!

EIN MÖNCH. Ein Aussätziger ist er!

EIN ANDERER. Unmöglich eine Andacht mit ihm vor dem gleichen Altare!

EIN ANDERER. Seine Augen sind beschmutzt von Mord!

EIN ANDERER. Soll man Mitleid haben mit einem Geständnis, das zur Hälfte aus Stolz, aus Hochmut abgelegt wird?

THEODUL *nachdenklich.* Christus wird bei seinem Gericht dies Verbrechen mit Schauern verwerfen.

DER PRIOR *aufrecht.* Ruhe! Ihr richtet nicht mehr ein Gewissen, ihr wendet euch gegen den Menschen selbst! Diese Beichte, die ich für würdig und nutzbringend erachtete, verlockt euch zu Ausbrüchen des Hasses und Zankes. Dom Balthasar hat durch seine Geduld und seine Demut mehr als Vergebung verdient. Ihr habt einzig sein Vergehen zu untersuchen, nur dies und sonst nichts!

THOMAS. Wurde Euer Verbrechen ruchbar, mein Bruder?

DER PRIOR. Wir haben nur die Sünde zu beurteilen. Die Tat selbst gehört der irdischen Gerechtigkeit an.

THOMAS *sehr ruhig.* Wurde Eure Sünde bekannt, mein Bruder?

DOM BALTHASAR. Ich entging dem Verdacht. Ein Landstreicher wurde an meiner Stelle bestraft. Ich beging die Schändlichkeit, bei seiner Hinrichtung anwesend zu sein und mich nicht anzugeben.

DER PRIOR. Ob die Richter sich täuschten, das ist nicht unsere Sache.
Unsere Gerechtigkeit ist nicht die ihre.

ISEBALD. Dennoch tut es not, das Verbrechen in seinem ganzen
Umfange zu kennen.

DER PRIOR. Die Strafe folgte ihm, es hat daran nicht mehr teil.

ISEBALD. Was gibt es dann also hier noch zu sühnen?

DER PRIOR. Das habe ich zu entscheiden!

ISEBALD. Wozu uns andere dann zusammenberufen?

DER PRIOR. Um euch an einem erlauchten Exempel
Zu erleuchten und zu zeigen, wie eine Seele ist,
Darin noch der Christ
Lebt und leidet wie in seinem Tempel.

DOM MARC *ekstatisch.* Man muß nur beten … nur beten … immer
beten …

DOM MILITIEN. Unser Bruder war ein Märtyrer …

ISEBALD. Ein Mörder! Ein Mörder, sag ich, nichts als ein Mörder!

EIN MÖNCH *gegen den Prior.* Einige unter uns haben das Unterfangen,
Dom Balthasar um seines Verbrechens willen noch rühmen und
erhöhen zu wollen. Unser Prior ist selber ihr Opfer …

DER PRIOR *plötzlich hochaufgerichtet.* Schweigt alle! Noch bin ich al-
lein der Herr hier innen,
Und bis zu dem Tage,
Da sie meinen Leib in den Leichenlinnen
Zur Ruhe unter dies Kreuz hier tragen,

*Er zeigt auf das Kruzifix an der Wand.*

Das ich zum Führer und zum Schutz erwählte,
Hat euch mein Wort als wahr und als Gebot zu gelten!

*Schweigen.*

Ich bezeuge hier an Gottes Statt,
Daß Dom Balthasar durch den reuigen Willen
Und bittere Tränen sein ziemend Teil
Am himmlischen Heil
Für alle Zeit sich erworben hat.
Daß nur aus einer maßlosen Fülle

Von Demut er euch sich zu Füßen warf,
Denn vor Christus bedarf
Er längst nicht mehr dieser schmerzhaften Probe.
Doch keiner von euch stand auf, ihn zu loben,
Mit sicherm Bewußtsein für alle zu reden:
»Was für traurige Christen sind wir, vergleichen
Wir unsere Seelen, die schlaffen und weichen,
Mit diesem gotttrunkenen Überschwang.«
Und ich bezeuge zugleich,
Daß euer Herz bitter und gelb ist von Galle,
Daß in euch allen
Unruh heimtückisch murmelt und schleicht.
Euer Benehmen war niedrig, war eine Schande,
Und mein horchendes Ohr hat wohl verstanden,
Wie ihr heimlich euch sammelt und grollt,
Wie ihr die Achtung, die ihr mir schuldet,
Gehorsam und Zucht, mir verweigern wollt!

*Schweigen.*

Glaubt ihr wohl gar, ihr werdet dieserart,
Durch unterirdisches Murren und Empören
Meine Kraft aus Eisen und Stein zerstören,
Auslöschen, was von Gott euch vorgeschrieben ward?
Sprecht!

*Er sieht um sich. Schweigen. Keiner rührt sich.*

Ich schwöre euch bei Jesus Christ,
Die Macht in meinen Händen bleibt aufrecht,
Und eisern soll sie euch wie immer niederhalten
Bis zu dem Tage, der mein letzter ist!
Fest soll sie bleiben, wie in Erz gegründet,
Damit mein Erbe sie in ihrer alten
Gewalt und Würde nach mir wiederfindet.
THOMAS. Ich will, daß Ihr wißt,
Daß diese Eure Meinung auch die meine ist.
DER PRIOR. Das ist mir gleichgültig. Genug, wenn es die Gottes ist.

*Ein langes Schweigen, der Prior beruhigt sich nach und nach und fährt fort.*

Und nun geht auseinander! Ihr besitzt nicht genug Ruhe und klare Barmherzigkeit, um euren Bruder zu verstehen und zu richten.

*Zu Dom Balthasar.*

Dom Balthasar, die Sitte dieses Klosters erheischt es, daß ich, der ich dieser Versammlung vorstand, Euch die Buße bestimme. Ihr werdet einen Monat lang auf hartem Lager schlafen. Ihr werdet allmitternachts die Psalmen sagen. Ihr werdet während dreier Tage dem Altare nicht nahen dürfen und dem Gottesdienste nur vom Chore aus, hinter dem Verschlage, beiwohnen dürfen. Erfüllt diese Gebote und geht in Frieden!

# Dritter Akt

*Gleiche Szenerie wie im ersten Akte: der Klostergarten.*

DER PRIOR. Die ganze Nacht habe ich darüber sinnen müssen. Zu denken, daß in meiner Gegenwart ein so erbitterter Zwist in der Versammlung ausbrechen konnte, daß Dom Balthasars Beichte erfolglos war, daß die Mönche ...

DOM MILITIEN. Oh, Ihr habt sie wundervoll gebändigt!

DER PRIOR. Lieber wäre ich sofort dort auf meinem Stuhle gestorben, als daß ich Balthasar ihnen preisgegeben hätte! Alle stürzten sie sich gegen ihn, gegen mich ... Und Balthasar rührte sich nicht, verteidigte sich nicht ... Seine ganze Kraft schien erstorben, sein Stolz zerschmettert.

DOM MILITIEN. Gewissensbisse zerreißen auch die Kraftvollsten!

DER PRIOR. Und wie dieser Isebald sich uns widersetzte! Wie sein böser Einfluß alle Mönche gewann! Wie sie alle ihre Kühnheit, ihre Ungeduld schamlos offenbarten! Mir war, als ob mir die Herrschaft dieses Klosters plötzlich entschwände, als ob meine Autorität geknickt sei und vom Sturme weggefegt ...

DOM MILITIEN. Niemals habt Ihr auch zu ihnen in solchem Ton gesprochen!

DER PRIOR. Und sie, in welchem Ton denn forderten sie mich heraus! Habt Ihr denn nicht ihre Antworten gehört, ihre Verdächtigungen, ihre Anspielungen? All das, was sie sagten und wie sie es sagten, deutete auf ein geheimes Einverständnis hin, ein plötzliches Bewußtsein ihrer Kraft. Was mich aber beunruhigt, ist, daß sie solcherlei nicht nur zu denken, sondern zu reden wagten in Eurer Gegenwart und in meiner. In diesem Kloster muß irgend etwas Bedeutsames sich gewandelt haben, ohne daß ich davon wußte, ohne daß ich es jetzt weiß.

DOM MILITIEN. Wenn man alt ist, wie wir, hat man nicht Augen mehr, um alles zu sehen, was sich verwandelt.

DER PRIOR *faßt Dom Militien beim Arme und sieht ihm, in die Augen.* Dreißig Jahre war hier alles in Ordnung und Unterwerfung! Als ich zum Prior gewählt wurde, waret Ihr der einzige, der mir den Platz streitig machte. Und als ich dann ernannt wurde, seid Ihr der erste gewesen, Euch mir unterzuordnen. Vielleicht hätte ich nicht Eure Gerechtigkeit und Weisheit gehabt, wäre das Schicksal mir ungünstig gewesen. Und wie treu Ihr mir immer mit gutem Rate beigestanden seid! Was ist Eure Meinung: glaubt Ihr, daß wirklich Balthasar mein Nachfolger sein wird?

DOM MILITIEN. Isebald und Thomas, beide begehren Eure Würde. Am Tage, wo Balthasar verloren sein wird, werden sie sich trennen und sich bekämpfen. Bis jetzt sind sie noch einig: das ist immerhin ein gutes Zeichen.

DER PRIOR. Mein Gott, ich wag dir kaum Glauben zu schenken,
Seitdem ich schon an mir selber verzage.
Das Erz meines Ansehns zeigt jähe Sprünge,
Ich hör es nicht mehr mit ehernem Schlage
Furcht und Schweigen den andern aufzwingen.
Ich bin siebenzig Jahr. Meine Arme sind schwach,
Kaum können sie mehr hoch über der Menge
Die Hostie halten. Der Tod stellt mir nach.
Ich bin eine Mauer, die schwankt und die fällt,
Nur ihr Turm will immer noch ragen und ragen.
Ich war in diesen schwachen und weichlichen Tagen
Als letzter Prior von Kraft und von Strenge
Der Kirche und ihrem Kloster bestellt,
Doch da ich nun sinke,
Wird dieses Kloster Gott weiß in wie tiefem
Moraste von Schwäche und Schlamm ertrinken.

*Ein Schweigen.*

Ich sehe keinen außer dir, Dom Militien, der mein Nachfolger werden könnte!

DOM MILITIEN. Ich? Bin ich denn nicht auch besiegt und schwank, wenn Ihr es seid? Bin ich denn nicht müde, krank, unnütz, zwei Finger weit von meinem Grabe? Wer weiß, wer von uns beiden den anderen einsargt! Wir haben unser Werk in Eintracht mit Gottes Willen getan und können beruhigt scheiden.

*Ein Schweigen.*

Übrigens, wenn Dom Balthasar seinen eigenen Zwiespalt überwunden hat, so wird er auch die andern bezwingen.

DER PRIOR. Oh, dafür laß nur mich Sorge tragen! Ich fühle mich noch stark genug für diese letzte Aufgabe. Aber wenn er selbst mit eigener Hand sich vernichten würde, wenn er die ererbte Kraft, die ihm wundervollen Rückhalt bietet, selbst zerbräche! Es gibt eine Stunde, wo die besten und verläßlichsten Kräfte eines Menschen gerade an seinem Untergang wirken. Und dann gibt es nichts mehr zu helfen, das ist das Ende, das endgültige Ende

DOM MILITIEN. Es bliebe noch Dom Marc.

DER PRIOR. Ach der! Niemals! Seine Hände können nichts als beten.

*Ferne Glockentöne klingen.*

DOM MILITIEN. Die Frühmesse ist beendet. Unsere Mönche nahen.

DER PRIOR. Laßt uns gehn! Ihr werdet die Messe zelebrieren. Ich selbst werde die Predigt halten.

*Sie gehen ab. Die Mönche kommen heran. Die einen wandeln unter den Lauben, die andern stehen beisammen und plaudern.*

ISEBALD *zu Thomas.* Warum habt Ihr dem Prior so öffentlich recht gegeben?

Man darf nie den Feinden seine Zustimmung zeigen.

THOMAS. Das versteht Ihr nicht!

ISEBALD. Seit gestern scheint Ihr mir ganz verwandelt. Ich erkenne Euch kaum wieder!

THOMAS. Nochmals: das versteht Ihr nicht!

ISEBALD. Was denn? … Was denn? … So sprecht doch!

THOMAS *mit den Achseln zuckend und Isebald erst nach einer Weile antwortend.* Der Prior hat recht! Die Autorität muß unverletzlich und unantastbar bleiben … Übrigens, der Lauf der Dinge überstürzt sich dermaßen, daß es unwichtig wäre, über mein Benehmen zu streiten. Alle finden es richtig, selbst Theodul. Er hat es mir selbst gesagt!

ISEBALD. Theodul?

THOMAS. Der Hohn des Priors hat ihm die Augen geöffnet.

ISEBALD. Sagt einmal, wie wäre es, wenn ich Dom Balthasar den Behörden angeben würde? Die öffentliche Justiz würde ihn am besten unschädlich machen, und unsere Mönche wüßten mir Dank ...

THOMAS. Ein Mönch untersteht keinem anderen Gericht als dem seiner Brüder. Da Dom Balthasar zu uns flüchtete, um sein Verbrechen zu verbergen, ist es Pflicht dieses Klosters, es zu verscharren.

ISEBALD. Es wäre aber so leicht ...

THOMAS. Ich verbiete Euch, mich zu versuchen ... Dom Balthasar vernichtet sich selbst. Gestern noch erwog ich alle Möglichkeiten, ihn niederzuschlagen, heute weiß ich, daß es unnötig ist. Die Reue ist die mörderischste Leidenschaft! Es genügt, ihn willfahren zu lassen.

ISEBALD. Ihr habt unrecht. Laßt mich nur handeln!

THOMAS. Euch handeln lassen? ... Euch ... Euch?

*Mit einem plötzlichen Entschluß.*

Ihr sollt sehen!

*Alle Brüder heranrufend.*

Meine Brüder ... meine Brüder ... hört, hört alle! Einer rät mir hier, Dom Balthasar jenen außerhalb unseres Klosters anzugeben, die sein Verbrechen blutig bestrafen würden. Ich rufe euch zu Zeugen des Ekels an, den ich bei diesem Vorschlag empfinde.

ISEBALD. Aber ...

THOMAS. Ich sage es euch vor allen, die zu mir halten, und vor allen, die mich befeinden, sofern es noch solche gibt!

THEODUL. Wir haben nie an Eurer Ehre gezweifelt!

THOMAS. Ich liebe dies Kloster wie mein eigen Haus. Sein Geist möge alt und verjährt sein, seine Gebote aber sind heilig. Ich will sie besser hüten als jeder andere. Man muß Mönch sein vor allen andern Dingen.

ISEBALD. Dies Kloster steht nicht außerhalb der irdischen Gesetze.

THOMAS. Ihr allein denkt hier so. Und Ihr errichtet damit zwischen mir und Euch eine Scheidewand, die undurchdringlicher ist als die zwischen mir und Balthasar. Wenn ich jemals Euren Ratschlägen folgte, heute verwerfe ich sie und scheide mich von Euch!

EIN MÖNCH. Endlich!

EIN ANDERER. Das war vonnöten!

THEODUL. Isebald war eine Gefahr, er entfremdete Euch uns!

THOMAS *zu Isebald.* Euer Ehrgeiz war niedrig, ohne Größe, ohne Berechtigung. Euer Geist irrte über die Bücher hilflos hin, die der meine zu durchdringen, zu erleuchten suchte. Meine Brüder fürchteten mit Recht Euern Einfluß auf meine Gesinnung. Da sie uns immer Seite an Seite sahen, schien es ihnen, als sei ich abtrünnig.

THEODUL *zu Thomas.* Nun sind wir erst ganz einig!

ISEBALD *auf Thomas deutend zu den Mönchen.* Wie? ... Ich glaube zu träumen ... Wie, ich ... ich ... der ich ihn unermüdlich voranstellte, ich ...

THOMAS *zu Isebald.* Vergessen wir einander und gehen wir jeder unsern gesonderten Weg!

ISEBALD. Was Ihr sagt, ist unsinnig. Es ist unmöglich, daß in einer Stunde, in einem Augenblick ...

THOMAS. Es muß möglich sein, da es notwendig ist!

ISEBALD. Oh, ich verabscheue Euch noch mehr als Balthasar!

THOMAS. Und ich, ich entschuldige Euch und vergebe Euch!

ISEBALD. Ich verachte Eure Vergebung, ich bleibe aufrecht Stirn gegen Stirn Euch gegenüber in diesem Kloster! Und ich werde dieses Werk der Ränke, das Ihr geschaffen habt und das Ihr jetzt siegreich in Euren Händen haltet, wieder zerschmettern ...

EIN MÖNCH *zu Isebald, auf Thomas weisend.* Wir alle stimmen hier unserm Bruder Thomas bei!

ISEBALD. Aber ihr wißt ja gar nicht, wie verschlagen, wie unzugänglich er ist, was für eine ränkevolle Seele ...

THOMAS *zu den Mönchen.* Laßt ihn nur reden, ich hör ihm nicht mehr zu ...

*Die Mönche folgen alle Thomas, der sich entfernt, und lassen Isebald allein, der ganz gebrochen auf eine Bank hinsinkt. Von der andern Seite des Gartens her erscheint Dom Balthasar. Er kniet zu Füßen des Kruzifixes nieder. Kaum hat er sich in sein Gebet versenkt, als Isebald auf ihn zutritt.*

ISEBALD. Dom Balthasar!
DOM BALTHASAR. Wie? Ihr?
ISEBALD. Mein Bruder Balthasar!
DOM BALTHASAR. Weg! Weg!
ISEBALD. Ich will Euch sagen …
DOM BALTHASAR. Ich will nichts hören … Kommt nur nicht heran!
ISEBALD. Es handelt sich um Euch, um Eure Stellung in diesem Kloster.
DOM BALTHASAR. Nein! Fort! Weg! Geht weg! Fort, fort mit Euch!

*Er steht auf und weist Isebald weg, der sich schließlich entfernt.
Dom Balthasar kniet wieder hin. Kaum hat er sein Gebet wieder
aufgenommen, als von rechts Dom Marc sich ihm nähert.*

DOM MARC *sehr bewegt, fast weinend.* Mein Bruder, hör: du mußt
dich selber dem Gerichte stellen!

*Jähes Erstaunen Dom Balthasars. Langes Schweigen. Es ist, als ob
plötzlich in ihm sich etwas entschieden hätte.*

DOM MARC. Fast habe ich Bangen, es dir zu sagen
Meine Seele schluchzt und zermartert sich,
Denk ich der Sühne, die dich bedroht.
Doch über der Liebe steht Gottes Gebot!
DOM BALTHASAR *gierig an seinen Lippen hängend, mit Tränen Dom
Marc ansehend.* Sprich weiter … sprich nur … sprich!
DOM MARC. Oh, daß ich dich damals noch nicht gekannt,
Da ein andrer, umheult vom Zorne der Meute,
Statt deiner die Strafe erlitt und den Tod!
Dieser Hungerleider, dieser arme Vagant,
Der dorten verblich, von allen verhöhnt,
Und den nur das Kreuz, das der Priester ihm bot,
Ewig erlöste in bitterster Not,
O wie hätte ich mich gesehnt,
Damals an seiner Stelle zu sein
Und dir mein Leben, mein Blut zu weihn!
Als Märtyrer war ich dorten verschieden,
Mein Schweigen hätte mir Kraft geschenkt

Und Verdacht und die Sühne von dir gelenkt,
Und ich wäre so sicher in ewigen Frieden
Mit meiner Seele dann himmelwärts
Zu Gott und den Engeln emporgestiegen.
Dort hätt ich dein Herz
Eingeschlossen in meine Gebete,
Und hätt es, von Reue und Qualen bewegt,
In Gottes gütige Hände gelegt.
DOM BALTHASAR. O du argloses Kind! Du Bester von allen,
Du seliges Herz, du Reinster der Reinen,
Die mit Strahlen in unser Dunkel scheinen.
DOM MARC. Doch der Mann, dem des Henkers grausame Hand
Das Leben mit seiner Ehre entriß,
Das schuldlose Opfer, das damals gewiß
In seiner Torturen und Qualen Brand
Jenen verfluchte und vermaledeite,
Der es wagte, in Gottes Allgegenwart
Ein fremdes Leben grundlos zu vernichten,
O denke, wie unbarmherzig und hart
Seine Stimme vor Gottes Richterstuhl schreit,
Daß er dich strafe, daß er dich richte!
DOM BALTHASAR. Schweige … o schweig … Nun erst dämmert mir
Blindem,
Daß zwiefach die Hand hier gemordet hat:
Meinen Vater und jenen … Oh, in welche Abgründe
Von Unglück und Grauen stürz ich hinab!
Jetzt wird mir erst klar,
Daß mein Hirn verworren und grabdunkel war,
Da es nicht merkte, daß der Menschen Gericht
Nicht minder wie Gott seine Sühne verlangt.
War ich denn rasend? Und hat mich der Prior nicht,
Der nur für sein eigenes Ansehn bangt,
Nur noch tiefer in diesen Irrgang gedrängt?
Doch das allein tut not, daß man zum tiefsten Schacht
Der Reue des Gewissens suchend Lot versenkt.
O du Kind, ich dank dir, daß du beizeiten

Meinen Irrtum mir noch bewußt gemacht,
Daß du mich mahntest, daß du mich stähltest
Und meiner dunklen Reue als guten Begleiter
Den Flammenengel deiner Unschuld beigeselltest.

DOM MARC. Ich hab so viel geweint, ich rief so sehr
Die heilige Mutter Gottes an,
Daß meine Seele nicht irren kann.
O mein Bruder, ich lieb dich nur um so mehr,
Als ich dir Leides heut antuen muß,
Oh, ich weine und kann doch nichts ändern daran!
Und weh, mich faßt ein unendliches Grausen,
Seh ich die Kreuze, die dir da draußen
Der Kirchhof wie Arme entgegenstreckt!

DOM BALTHASAR. O nein, sei froh! Du hast mich zum Leben erweckt!
Hungernd umschlich, wie ein reißendes Tier,
Der Zorn meine Seele und suchte vergebens
Die zerfleischenden Zähne in mich zu verbeißen.
Nun aber erst eröffnet sich mir
Der Weg der Buße, des wahrhaften Lebens.
Zum erstenmal seh ich die Nebel zerreißen,
Zum erstenmal fühl ich mich aufgerafft.
Ich ward ein andrer, seit deine schönen und reinen
Worte wie Morgenrot über mich scheinen,
Ich bade mein Herz in deiner läuternden Kraft.
Das Gold in meiner Brust hat heut zu glühen angefangen,
Verwandelt ist, was ich bisher mit Gram empfunden.
Nun hab ich vor keiner Marter mehr Bangen,
Vor den Schöffen, den Qualen, den Henkerswunden,
Und selbst den Tod, ihn will ich froh begrüßen!
Ich will bedenken, daß mit heißen Küssen
Der Heiland einst des Kreuzes Schaft besäet,
Daß auf all meine künftigen Martern und Wunden
Die erlösende Kraft deiner Liebe blickt,
Daß dein Gebet mir hilfreich zur Seite steht,
Wenn der Henker mir meinen gefolterten Leib

Auf offenem Markte zermalmt und zerstückt.

DOM MARC. O mein Bruder, mein Bruder!

DOM BALTHASAR. Meine Qual wird blutig und christlich sein,
Und wenn Gott mir in meiner Todespein
Die Kraft und den Willen aufrechterhält,
Dann soll diese schwanke und schwächliche Welt
Mit Beschämung schauen,
Wie stolz ein Priester selbst in dem Jahrhundert stirbt!
Endlich, nach so viel Stürmen, seh ich Vertrauen
Den Himmel des Herzens klar überblauen.
Ich habe Eile zu sterben! Ich höre die Worte
Des Beichtigers schon, ich höre die Weihe
Der seligen Lieder, ich sehe die Reihe
Der heiligen Märtyrer dort an der Pforte,
Und ich schreie
Ihnen jauchzend entgegen:
Tut auf, ihr Frommen, tut auf, ich bin der,
Der aus dem Lande des Dunkels her,
Wo auf nächtigen Wegen
Mit feurigen Augen die Sünde fährt,
Selig beglückt zu euch heimgekehrt!
Ich bin der,
Der aus den dunkelnden Landen
Der Sünde und Schuld
Gerettet ward
Durch eines Kindes sanfte Geduld,
Das mit Rat und Erleuchtung mir beigestanden!
Und nun nahe ich rein und klar,
Wie am Tage, da mich die Taufe beseelte,
Trete zu euch, ihr Himmelserwählte,
Ihr Helden und Väter, ihr Gebenedeite!
Ich bin der,
Der all sein Grollen und Hassen besiegte,
Den man so lange mit irdischem Klügeln einwiegte,
Bis er sich scheute,
Sein schweres Verbrechen gänzlich zu sühnen!

Doch heute,
Ihr Himmel mit euern tiefen Abgründen,
Die alle Sünden
Läuternd verzehren in ihrer Tiefe,
Werf ich mich wie ein brennendes Scheit
Jauchzend in eure Abgründigkeit!
An euere Schwelle trete ich hin,
Weiß nicht, ob ich rein oder schuldig bin,
Keiner verkündet mich, tritt für mich ein,
Als mein Schmerz und der dieses Kindes allein!

*Er weist auf Dom Marc.*

Genug, genug! Der Erde Luft erstickt,
Der Wind ist schlaff, von Qualm und Blutdunst weich.
Fort, fort! Ich will in einem Augenblick
Mein Leben und meinen Tod zugleich!

DOM MARC. Und ich, mein Bruder?

DOM BALTHASAR. Du sanfter Freund!

DOM MARC. Du mußt zuvor noch Buße tun, du solltest jetzt …

DOM BALTHASAR. Nein, Christus wartet nicht! Ich fühl seine drängende Liebe
Und will nicht, daß mir ein taubes Gesetz
Die selige Stunde der Rettung verschiebe.
Leb wohl, mein Bruder, du einziger von allen,
Dessen Herz die Wahrheit wahrhaft erfand!
Leb wohl! Ich will in dem feurigen Schwalle
Meines Blutes mich abtun von Sünde und Fehle.
Leb wohl! Dort droben wart ich mit sehnender Seele!

*Er eilt weg.*

DOM MARC *sinkt vor einer Bank in die Knie und birgt das Gesicht in den Händen.* Mein Bruder, ich vertraue dich in Gottes Hand!

*Die Glocken klingen, die Mönche treten in die Kirche ein. Dom Balthasar folgt ihnen, zuerst unschlüssig. Dann scheint er plötzlich eine Entscheidung zufassen. Die Gläubigen kommen durch den*

*Garten, um die Sonntagsmesse zu hören. Er drängt sich mit ihnen durch das Tor hinein.*

# Vierter Akt

*Die Kapelle. Rechts der Altar. Gegenüber den Zuschauern die verriegelte Tribüne, wo Dom Balthasar seine Buße tut. Unter der Tribüne eine Tür. Rechts die Kanzel.*
*Dom Militien am Altare beendigt die Messe, stimmt das ›Ite missa est‹ an und lehrt zur Sakristei zurück. Die Mönche antworten im Chor: Halleluja! Der Prior steigt langsam die Kanzel hinauf. Die Mönche versammeln sich in drei Reihen rings um den Altar. Die Gläubigen stehen gedrängt hinter ihnen vor der Kanzel.*

DER PRIOR *macht das Zeichen des Kreuzes.* Im Namen des Vaters ... des Sohnes ...

*In diesem Augenblicke, da die Gläubigen die Kapelle verlassen wollen, erhebt sich plötzlich ein Lärm auf der Tribüne, und Dom Balthasar erscheint verstört hinter den Gitterstäben.*

DOM BALTHASAR *hinter den Stäben.*
    Ich habe gemordet, meinen Vater gemordet,
    Und man schließt mich gewaltsam vor euren Blicken
    Wie ein wildes Tier in den Zwinger ein,
    Um das Schrein
    Meiner Reue und heißen Gewissenspein
    In mir zu ersticken!

DER PRIOR. Unseliger!

DOM MARC *wirft sich zu Füßen des Kruzifixes. Er bleibt dort im Gebete während der ganzen folgenden Szene.*

DOM BALTHASAR *zum Volke.* Ich bin der Mönch Balthasar,
    Mein altes Verbrechen, das nie gebüßte,
    Hat wie ein Sturm meine Seele verwüstet!
    Ich bin der Mönch Balthasar,
    Der gegen eure Sünden und Fehle
    Streng gepredigt und aufbegehrte,
    Indes er selber vor dein Altar
    Seine eigne Verdammnis in ruchloser Seele
    Nährte und mehrte!

DER PRIOR. Der Mensch ist toll, hört nicht auf ihn!

DOM BALTHASAR. Mein Vater war reich, mein Vater war gut
    Für meinen Zorn, meinen Übermut,
    Und ich habe ihn dennoch, von Wein umnachtet,
    Schandbar wie einen Hund geschlachtet.

DER PRIOR. Hört nicht auf ihn! Hört nicht auf ihn!
    Um Gottes Gnade, hört nicht auf ihn!

DOM BALTHASAR. Ein Schuldloser büßte
    An meiner Statt die Tat am Schafott,
    Er schrie zum Himmel um Gnade und küßte
    Im Sterben noch den gekreuzigten Gott.
    Ich stand dabei und sah kalt und stumm
    Auf sein entsetzlich Martyrium.
    Ein Wort hätt gehindert, ein einziges nur,
    Daß das Schwert auf ihn nicht herniederfuhr.
    Und ich hab es getötet, dies Wort, habs verschlungen,
    Zwischen den Zähnen hab ich es niedergerungen.

DER PRIOR *auf Balthasar weisend, zu den Mönchen.* Reißt ihn mit
  Gewalt von dort droben herab!

DOM BALTHASAR. Ich, ich, der sündige Mönch Balthasar,
    Der einst ein Herzog, ein Großer war,
    Mit blutigen Händen hab ichs getan!
    Mit diesen Händen, seht sie nur an,
    Die wilder waren als reißende Zähne,
    Hab ichs getan!
    Doch jene,
    Die mein Verbrechen bestrafen sollten,
    Sie wollten
    Auf diesen Händen, den ewig befleckten,
    Das unabwaschbare Blut daran
    Nicht entdecken.
    Doch heute, da ihr es alle erfahren,
    Geht es verkünden,
    Geht es erzählen von Haus zu Haus,
    Oh, schreit es weit in die Welt hinaus!

DER PRIOR. Deine Reue ist ein Verbrechen!

*Zu den Mönchen, die hinaufgeeilt sind.*

Stoßt die Stäbe ein! Reißt ihn aus dem Kloster, tot oder lebend!
DOM BALTHASAR. Auf offenem Markt, in Martern und Leiden
    Will ich sterben als katholischer Christ,
    Wie einstens jener gestorben ist,
    Der meine eigene Schuld gebüßt,
    Um vor der Welt sich mit ihr zu bekleiden!

*Man hört die Schläge der Beile gegen das Holz.*

DOM BALTHASAR. Ich bin wie ein Bündel schwarzer Verbrechen,
    Alle Dornen der sieben Todsünden stechen
    Wie grimmige Nägel in mich ohne Ruh!
    Der Mönchsmantel deckt mich als Lüge zu,
    Denn mein Leib ist eitel Aussatz und Schwäre!
    Ich bin wie der Wolf, der mit bösem Begehren
    Im heiligen Kelche das Gottesblut
    Umwittert und durch seine Gier entweiht!
    Ich will, daß die Welt in den Bann mich tut,
    Ich will, daß mir jeder ins Antlitz speit!
    Man schlag mir sie ab, meine mördrischen Hände,
    Man entreiß mir die Kutte, die ich immer noch schände,
    Man rufe, man reize den Pöbel der Runde,
    Ich biete mich willig den Fäusten und Schlägen,
    Ich reck meine Stirne den Steinen entgegen,
    Die sie verwunden!
    Ich will, daß man mit aller erdenklichen Schärfe
    Meinen Leib, den die Sünden beschweren, vernichte,
    Und dann, nach dem blutigen Strafgerichte,
    Seine Fetzen in alle vier Winde hinwerfe!

*Den Mönchen ist es endlich gelungen, die Tür einzustoßen und
Dom Balthasar zu fassen. Sie schleppen ihn herab und stoßen ihn
vor dem Prior in die Knie. Dieser wendet sich sogleich an die
Menge.*

DER PRIOR. Verlaßt alle den Raum!

*Die Mönche drängen das Volk gegen die Tür.*

Balthasar verfällt dem himmlischen Gericht.

DER PRIOR *vor den Mönchen allein sprechend.* Höre mich an, Mönch
  Balthasar!

  Du hast den Heiland verlacht und verspottet,
  Der die Reue in Stille und Demut begehrt,
  Du hast mit Toben, wüst und verrottet,
  Die heilige Ordnung des Klosters zerstört!
  Der Glaube in dir ist verblüht und verblaßt,
  Du bist blind und bist taub, da du nicht sahst,
  In welchem Rausch, welcher Trunkenheit
  Du selbst deine Seele der Hölle geweiht!

DOM BALTHASAR. Mein Gott! Mein Gott!

DER PRIOR. Das Blut, das einst nur deine Hände bedeckt,
  Nun hat es die Mauern des Klosters befleckt,
  Wie ein Tier hast du bei uns nur hausen gewollt,
  Daß dein Schmutz uns allen nun ankleben sollt!

DOM BALTHASAR. Mein Gott! Mein Gott! Mein Gott!

DER PRIOR. Höre mich an!

  Ich hatte dich ausersehen, daß du der Mann
  Dereinsten würdest, der auf meinem Pfade
  Fortwandelnd Sorg und Mühe auf sich lade.
  Doch Gott hat mir zur Zeit die Augen aufgetan,
  Vor meinem Blick zerbrach er jäh das helle
  Und klare Schiff, mit Weihrauch fromm beladen,
  Das ich in dir fälschlich zu sehen glaubte.
  Der Wind der Wut vertrocknete auf deinem Haupte
  Das heilige Öl, damit die Priester ihre Stirne baden.

DOM BALTHASAR. Mein Gott!

DER PRIOR. Du scheinst mir nun viel gewisser verdammt,
  Als wollte man dich in Feuer verbrennen.
  Denn niemals mehr verlischt in dir die Stimme
  Der Reue. Nie, o niemals flammt
  Für dich Gebet und Wunsch: Gott wird dich nicht erkennen!
  Nie wird man, nein, niemals für deine Seele

Voll Inbrunst irgendwann die Messe sagen,
Und dieser Stab,

*Drohend.*

den du geträumt zu tragen,
In nerv'ger Hand,

*Er schlägt Balthasar.*

du sollst ihn brennend und schwer,
Doch nicht als ein Zepter, um stolz zu regieren,
Nein, als gemeine Geißel sollst du ihn spüren!

DOM BALTHASAR. Schlagt zu, mein Vater! Schlagt zu! Schlagt zu!
DER PRIOR *schwankend, er wird von den Mönchen unterstützt.*
Ruchloser! Ruchloser! Ruchloser!

*Ohne es zu merken, hat er den Stab aus den Händen fallen lassen.*

EIN MÖNCH *Balthasar bedrohend.* Du Henker Christi!
EIN ANDERER. Du Dieb der Buße!
EIN ANDERER. Du Schlacke von Ehrgeiz du!
THEODUL. Schurke! Vatermörder! Kirchenschänder!

*Er stößt Balthasar mit dem Fuße, so daß er auf das Gesicht fällt.*

DER PRIOR, *der sich noch einmal aufgerichtet hat.*
Nein! Rafft ihn auf! Stoßt ihn hinaus
In die Schande, die Hölle, den Untergang!

*Die Mönche heben Dom Balthasar auf und jagen ihn zur Tür der
Kirche hinaus, die sie hinter ihm lärmend verschließen.*

Und nun sei sein Schicksal auf ewig von allen
Im Hause getrennt. Sein Verbrechen falle
Schwerer noch als des Henkers Erz
Hin auf sein Herz.

*Langes Schweigen. Thomas, der den Stab aufgerafft hat, schreitet
langsam auf den Prior zu. Von diesem Momente an beginnen sich
alle Mönche, mit Ausnahme Isebalds und Dom Marcs, um Thomas
zu scharen.*

THOMAS *den Prior scharf ansehend.* Mein Vater!
DER PRIOR *nach einem Schweigen.* Nun, so sei's!

*Auf die Tür deutend, durch die Dom Balthasar hinausgestoßen*
*wurde.*

Da jener selber seinem Anrecht untreu ward,
Die höchste Pflicht an sich selbst versäumt,
Und ich unter euch allen keinen mehr weiß
Von meiner Stärke und Herrscherart,

*Auf Thomas deutend.*

So mögt Ihrs sein, dem der Himmel einräumt,
In diesen kommenden und so gefährlichen Zeiten
Dies Kloster zu wahren und für ihn zu streiten.

*Thomas gibt dem Prior den Stab zurück. All das scheint sich wie*
*von selbst zu tun.*
*Sie gehen alle ab.*

DOM MARC, *der allein zurückbleibt, vor dem Kruzifix.*
Aus der tiefsten Glut deiner Barmherzigkeit,
Mein Gott, hab Erbarmen
Mit meinem armen
Unseligen Bruder Balthasar!
Dir allein ja ist es bekannt,
Wie glühend, wie inbrünstig allezeit
Die Reue ihm seine Seele verbrannt,
Und wie er sich deinen Himmel ersehnt!
Mein Gott, o woll ihm zur Seite stehen,
Wenn die Menschen ihn quälen mit Martern und Wunden,
Wenn die Welt ihn richtet und grimmig verhöhnt,
Wenn seine Brüder ihn schänden und schmähen!
O woll in der blutigen Todesstunde
Ihn hilfreich umringen, ihn gnädig bewahren
Mit deinen rauschenden Engelscharen!

## Erzählungen aus dem Biedermeier

Biedermeier - das klingt in heutigen Ohren nach langweiligem Spießertum, nach geschmacklosen rosa Teetässchen in Wohnzimmern, die aussehen wie Puppenstuben und in denen es irgendwie nach »Omma« riecht.

Zu Recht. Aber nicht nur.

Biedermeier ist auch die Zeit einer zarten Literatur der Flucht ins Idyll, des Rückzuges ins private Glück und der Tugenden. Die Menschen im Europa nach Napoleon hatten die Nase voll von großen neuen Ideen, das aufstrebende Bürgertum forderte und entwickelte eine eigene Kunst und Kultur für sich, die unabhängig von feudaler Großmannssucht bestehen sollte.

**Georg Büchner** Lenz **Karl Gutzkow** Wally, die Zweiflerin **Annette von Droste-Hülshoff** Die Judenbuche **Friedrich Hebbel** Matteo **Jeremias Gotthelf** Elsi, die seltsame Magd **Georg Weerth** Fragment eines Romans **Franz Grillparzer** Der arme Spielmann **Eduard Mörike** Mozart auf der Reise nach Prag **Berthold Auerbach** Der Viereckig oder die amerikanische Kiste

*ISBN 978-3-8430-1884-5, 444 Seiten, 29,80 €*

### Erzählungen aus dem Biedermeier II

**Annette von Droste-Hülshoff** Ledwina **Franz Grillparzer** Das Kloster bei Sendomir **Friedrich Hebbel** Schnock **Eduard Mörike** Der Schatz **Georg Weerth** Leben und Taten des berühmten Ritters Schnapphahnski **Jeremias Gotthelf** Das Erdbeerimareili **Berthold Auerbach** Lucifer

*ISBN 978-3-8430-1885-2, 440 Seiten, 29,80 €*

### Erzählungen aus dem Biedermeier III

**Eduard Mörike** Lucie Gelmeroth **Annette von Droste-Hülshoff** Westfälische Schilderungen **Annette von Droste-Hülshoff** Bei uns zulande auf dem Lande **Berthold Auerbach** Brosi und Moni **Jeremias Gotthelf** Die schwarze Spinne **Friedrich Hebbel** Anna **Friedrich Hebbel** Die Kuh **Jeremias Gotthelf** Barthli der Korber **Berthold Auerbach** Barfüßele

*ISBN 978-3-8430-1886-9, 452 Seiten, 29,80 €*